Choni y Chano

Estaré en casa por Navidad

Holly Hobbie

edebé

Título original: *I'll be home for Christmas.*
This edition published by arrangement with Little, Brown and Company (Inc.),
New York, New York, USA. All rights reserved.

Traducción: Teresa Blanch.
© Ed. Cast.: edebé 2003
Paseo de San Juan Bosco 62
08017 Barcelona
www.edebe.com

2.ª edición

ISBN 84-236-6741-3
Impreso en España
Printed in Spain
Depósito Legal: B. 47082-2003
Talleres Gráficos Soler, S.A.

*P*ara Hope.

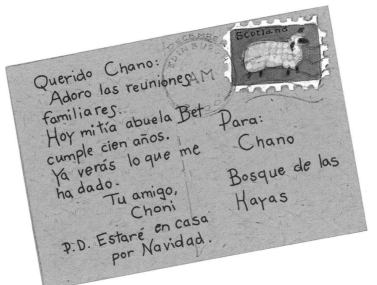

Querido Chano:
Adoro las reuniones familiares.
Hoy mi tía abuela Bet cumple cien años.
Ya verás lo que me ha dado.
Tu amigo,
Choni
P.D. Estaré en casa por Navidad.

Para:
Chano
Bosque de las Hayas

Scotland

—Querido Choni —dijo la anciana tía—, esto es para ti.
¡Es mi nuez de la suerte!

Mientras, en el Bosque de las Hayas, Chano estaba impaciente
por ver a Choni. Faltaban pocos días para Navidad.
¡Y había que hacer muchas cosas!

Chano escribió en todas las postales: ¡Felices Fiestas!
Pero tenía que esperar a Choni para firmarlas juntos.

Para: chano@bosquedelashayas.com
Asunto: Navidad

Querido Chano:

Aquí en Escocia se ha levantado una tormenta de nieve.
Se han suspendido todos los vuelos.
No adornes el árbol sin mí.
Volveré a casa..., como pueda.

Tu amigo,
Choni

P.D.: Ya siento el espíritu navideño.

Mientras tanto, en el
Bosque de las Hayas…

—El pastel de frutas es el preferido de Choni —dijo Chano.

—¿Cuántos pasteles necesitaremos? —preguntó Flipi.

Sólo faltaba un día para Nochebuena.

—¿Cómo se las arreglará Choni para llegar a casa a tiempo? —se preguntó Chano.

—Tiene que conseguirlo —dijo Flipi.

Navidad, Navidad,

dulce... Navidad........

MUNDO ENTERO LÍNEAS AÉREAS

Cuando Choni por fin llegó, nevaba y era muy tarde.

Nada funcionaba: ni trenes, ni autobuses, ni taxis.

«Le prometí a Chano que esta noche estaría en casa», pensó Choni.

Choni se alejó de la ciudad. La noche era fría y había mucha nieve. Era tan difícil andar que, al final, se dio por vencido.

Choni se acurrucó para darse calor. En su bolsillo encontró la nuez de la suerte. Se había olvidado de ese regalo tan especial. Y pensó: «Es Nochebuena. Desearía estar en mi casa del Bosque de las Hayas.»

—Nieva mucho —dijo Chano.
—¡Qué bonito! —exclamó Flipi.

—Si al menos Choni estuviera aquí…

Choni se sobresaltó al oír el tintineo de unos cascabeles.
Al escudriñar en la oscuridad, vio que se acercaba una luz
muy débil. Brillaba y parpadeaba en la noche entre la nieve.

—¿Hacia dónde vas, chico?

—Al Bosque de las Hayas —dijo Choni—. Está a muchos kilómetros de aquí.

—Sube a bordo —propuso el conductor—. Conozco el camino.

Aquella nevada había convertido el Bosque de las Hayas en un
paisaje encantador. Todo estaba preparado. Todo era perfecto.
Pero, ¿dónde estaba su amigo?

De repente…
—¡Estoy en casa!
—¡Has llegado! ¡Por fin estás aquí!

Choni contó a sus amigos su aventura y cómo consiguió llegar hasta
el Bosque de las Hayas.
—Me ha encantado el viaje en trineo —dijo—. Era como estar volando.
—Me pregunto quién sería el conductor —dijo Chano.

—Vamos a colgar esto en el árbol —dijo Choni.

—¿Qué es? —preguntó Flipi.

—¡Es bonito! —dijo Chano.

—Es la nuez de la suerte de mi tía abuela Bet —explicó Choni.

No era fácil conciliar el sueño en Nochebuena.

—Choni —dijo Chano—, ¿no has oído unas campanillas?

—Quizá —dijo Choni.

—Estoy seguro de que he oído algo —aseguró Chano.

—Creo que ha llegado la hora de dormirse —dijo Choni—. Buenas noches.

—Contaré hasta veinte —añadió Chano.

Pero antes de que Chano llegara al diez, él y su amigo ya estaban profundamente dormidos.

¡Cuando despierten, será Navidad!